歌集

水瓶座

菅原貞夫

典々堂

＊目次

III 土の章——二〇二二年

装幀　秋山智憲

歌集　水瓶座

「合歓」主宰・久々湊盈子師に捧ぐ

序歌

生まれ落ち天に響かふ水瓶の音聴きながらけふも座《あ》るかな

Ⅰ

木の章——二〇二〇年

〈解説〉

Ⅰ　アルマンド（Allemande）＝原意は「ドイツ風」の意。中庸なテンポで、２拍子系の舞曲。４分の４で弱起から始まる。

「音楽キーワード事典」（春秋社）より。以下Ⅱ～Ⅴも同様。

無──生満土《アルマンド》

プレリュード*欠いて始まる生満土《アルマンド》アクエリアスの天水うれし

＊無伴奏ヴァイオリン組曲第2番

邂逅《わくらば》に二兎追ひきたるヴィオラ、セロ負荷の重みを知るや病葉《わくらば》

雁が音の泣いてばかりはゐられぬぞ　われは和の人汝《なれ》は洋の器

残生に出逢ひしセロのありがたさ　身は冬枯るるさゝだにあれども

セロを背に負へばさながらカタツムリ歩みはおそき渦巻きの道

無伴奏五番を弾かむとや生まれけむセロに触るれば身も揺るがるれ*

*『梁塵秘抄』三五九の本歌取り

朝夕の六時半こそ至福なれ朝は散歩に、夕はセロ弾く

セロの道手さぐり三年弾き八年弓弦《ゆづる》の莫迦は憎《にく》十八年

春―花冠の闇

戸を繰れば庭一面のユキヤナギ朝東風《あさこち》に散る雪のよそほひ

水の星大地球村に人気《ひとけ》なし山川草木なほ駘蕩として

文明の過度の進化を咎《とが》めむと竹篦《しっぺ》返しの火矢は放たる

先も見えず底も見えざるこの星を焼き尽くすらしパンデミックは

燎原の火となり水の星を灼く陽《ひ》のフレアーの凄まじきかな

モロヘイヤのぬめぬめに舌鼓うち人喰ひ尽くす猛威コロナ禍

鵺《ぬえ》鳥の桜隠しとなりにけり鬼より恐《こは》し小人《COVID-19》の一球

この猛威小人《コヴィット》-19とは皮肉なり一天四海おとろへ知らず

猛り飛ぶ火のごとコロナ広がりてもろびと天の岩戸に籠る

春寒《はるさむ》や獄《ひとや》のごときテラ住まひ山川草木風になびきて

天が下みな無期懲役の獄舟《ひとやぶね》　板子一枚下に咲く花

音なしの花冠《コロナ》の闇に戦《をのの》きて匹繭《ひきまゆ》のごと蹲《うずくま》りゐて

このたびは鵺おさまらず巣ごもりて声もえ立てでかき暮らしけり

独り居の夜の妄想ふくらみて　地球錐揉み、地に墜つる天

世はなべてあざなへる縄うつゆふのコロナ巣ごもり地獄も仏

羽化のごと濡れ羽張りつつ羞ぢらひてピアノ凛々しく弾くは我が女孫《まご》

夏―蝦夷しぐれ

水無月の川面に映る葉桜の緑すずしき今朝を歩めり

わが父の産土にして阿弖流為《アテルヰ》と賢治の在りし奥州・花巻

影踏みの遊びせむとや生まれけむ影を踏まれて逃げられぬ夢

白亜紀のむかわ穂別《ほべつ》の沢沿ひの崖の上なる一片の骨

形あるものの定めと思へども月には虧盈《きえい》、人には毀誉《きよ》あり

寝静まる夜のしじまに独り酌む地獄極楽うつつなの世は

この地獄『アイヌ民族抵抗史』* 和人《シャモ》の詭計の狡猾非道

松前の強奪搾取はづかしやナチスを凌ぐ種族根絶

＊新谷行著

いくたびか征東軍を払へども矢も弓も尽き無弦を鳴らす

天雲の奥羽みちのく蝦夷しぐれ歔欷《きょき》累累の無辜の民草

田村麻呂「優柔不断」*の宣撫策　倦まずたゆまずアイヌに寄り添ふ

*澤田ふじ子『陸奥甲冑記』

衣川身を打つ雨か　阿弖流為《アテルヰ》のすすり哭く瀬に陸奥《みちのく》消えて

夕星の射手星《いてぼし》凍てて身罷りし違星《ゐぼし》北斗の「アイヌ復興」

松前の和人《シャモ》の所業の酷薄さ　いま沖縄にまざまざと見つ

没《も》義《ぎ》道《だう》和人の全貌暴露を貫きし信念の人・松浦武四郎

読むほどに和人の仕打ちの酷さ知る、 その末裔のわが身をぞ呪ふ

秋―蝶鰈の歌

天牛《かみきり》も蝸牛《でんでんむし》も菅公も何か縁ある今年丑年

七時雨山《ななしぐれやま》を背にして浪の寄るイーハトーブの風に触れたし

いまごろは定演前の特訓にきりきり舞ひしてゐるころなのに

『時雨譜』の日の目を見る日近づきて逸る心を鎮めがたかり

ひらひらと気楽にゆけよわたつみの空の底ひに蝶鰈《てふてふ》の歌

水無月の甍にあそぶ鵯のきのふの彼はけさの君かな

青桐の一葉《いちえふ》落ちて知り草の知るがかなしき秋のおとづれ

先達*の死を知り思ひ幾許《いくばく》ぞ　写し絵いまも見守りくるる

*八城水明氏、六月二日ご逝去

蹲《つくばひ》に見たる「吾唯足るを知る」老いてしみじみ沁み入りにけり

何を求め乗り始めしか「青い鳥《ブルーバード》」以後半世紀CO_2《ガス》撒き散らし

若き日の娘《こ》の乗りこなす「スティード」の始動の低音《バス》に胸躍らせつ

かるがると孫のあやつる一輪車老いには叶はざること多し

年寄りの冷や水などと言ふなかれラスコー洞窟二万年前

納沙布ゆ貝殻島を眺むれば縄文の夢いまも顕ち来る

戦争などしてゐる暇はないといふ中村哲の言の確かさ

翔ぶことも飛ばざることも同じこと　ただ沈みゐる鰈《かれひ》に学べ

冬——わが始祖はるか

史上五度の滅びの危機を乗り越えし地中生物　わが始祖はるか

きさらぎの北の岬に逆巻ける濁世《ぢよくせ》の冬を誰か見据うる

八度越えの熱に魘《うな》され幻の北朝鮮に羽交ひ締めらる

蕁麻疹わが満身を朱に染めて抉り攻め立つ八大龍王

病休《エンスト》でスタート切れぬ五輪車の車輪は重しハンドル怪し

聖火きて狂喜乱舞の蜻蛉《あきつ》島　外つ国のこえ歯牙にもかけず

越後屋が雁首そろへ突き出だす醜《しこ》の醜手《しこで》を愧《は》ぢ入りもせず

放さない、死んでもラッパは俺が吹く　五輪のかげろふ名は森喜朗《シンキロウ》

王様は裸ですよと誰《たれ》か言ふ　隠蔽・改竄・忖度の村

実るほど頭《かうべ》を垂れる稲穂、否、タロウはいつもふんぞり蛙

看板に偽り多き自民党　変へよ「不自由非民主党」と

「国民のために働く内閣」の「国民」に沖縄は入つてをらず

安全と言ふなら建てよ受益者の『東京に原発を！』*皇居あたりに

*広瀬隆著

田原坂の「行きあひ弾《だま》」*を思はせてウ国もガザも天地砕かる

*司馬遼太郎『街道をゆく』「肥薩のみち」

『戦争は女の顔をしていない』*コミックで読む徹夜して読む

*小梅けいと作画（原作＝スヴェトラーナ・アレクシエーヴィチ）

ニッポンの政界つくづく嫌になりコロナ巣ごもり妙にうれしき

雑—ファースト語呂

生くるとは手を汚すこと　身を屈め足を取られて爺《ヂ》駄《タ》婆《バ》駄《タ》すること

トヨトミもはたイワタニも知らんぷり新種新型コロナストーブ

骰子《サイコロ》に果たして愛あるＩＲ血道を上ぐる破産への道

七愚八愚《ちぐはぐ》なわが来し方を見返れば行く手の迂路もさぞや有漏雨露《うろうろ》

「身の丈」は身のほど知らず身の破滅身を持ちくづし見る影もなし

歌種《うただね》に窮する時はうたた寝す　廬生の夢をふたたびみたび

歌棄《うたすつ》とふ思ひ切つたる地名ありき　寿都《すっつ》となりていのちをも棄つ

裏表《うらうへ》に二進も三進もゆかぬ世よ四の五の言はで薔薇のサッチモ

II

火の章——二〇二一年

〈解説〉

II　クーラント（Courante）＝原意はフランス語の「走る」に由来。中庸よりやや速めのテンポ。2分の3拍子あるいは4分の6拍子で、装飾を含む、より洗練された音楽。

伴—来蘭亭《クーラント》

君とわれヴィオラとセロを玉くしろ手に取り持ちてデュオを弾かばや

ミの音の開放弦は無理なのね　見果てぬ夢ぞヴィオラもセロも

後期高齢者の通知を潮にオケ辞してひねもす独りセロにいそしむ

天数《そら》ふ大人数のオケを辞め逢魔が時をセロにさまよふ

無我夢中の年齢《とし》ならねども五里霧中十里暗中模索する日日

名工は鈍刀にてこそ彫り出だす　わが腕も鈍、やればできるか

一曲の泣かせどころを弾きそこね右手《めて》も左手《ゆんで》も不動明王

有明のわが残月を楽しまむ渦巻き、指板、終点《エンドピン》まで

春——浮かばれぬ星

庭隅にテディベア二輪みつけたり　今年も嬉しずんぐりお耳

コロナ五輪ゴリ押し五輪赤字五輪　落日黒く五輪塔一基

井の中のカハヅザクラも今はケシ　五輪協議の日の丸腐《くた》し

やれ打つなスガが手を擦る足を擦る五輪の闇に首まで浸《つ》かり

金とウソ闇夜の五輪スパイラル怪我も病気も自己責任とふ

選手村どんちゃん騒ぎコンドーム安全安心治外法権

なんとなくわからぬままにずるずるとひきずりまはし、あとは野となれ

よくもまあかくも醜き面子《めんつ》かな　五輪一神教の悪尉《あくじょう》

国民に禁欲強ひてみづからは金欲ゲット五輪ピッグら

暴挙なり　緊急事態と言ひながら民意無視する五輪突入

喚くなかれ黙《もだ》こそよけれ五月蝿《さばへ》なすメディアの多弁バリせからしか＊

＊九州方面の方言

宣言を告《の》らす陛下の傍にゐて起立わするる不敬国辱

日の本は自立公国*エトセトラ何も変はらぬ似非ケセラセラ

*自民、立憲、公明、国民

新世紀五分の一の大わらは行きも帰りも怖い五輪禍

日と月のあはひに浮かぶこの星のヒト科コロナ禍五輪禍まゐり

鴗鳥《そにどり》の青きこの星いかならむ水澎湃と盈つる世　あばよ

夏―無心の軒端

木の芽はる弥生の空にユキヤナギ競ひ合ふがに君子蘭映ゆ

ない袖は振れぬ振らぬと降りしきる文月《ふづき》の雨に袖傘走る

道の辺のウスユキサウの幻に亡き友しのぶ葉月長月

さしのぼる日なく月なく記憶なく時は過ぎゆき　落ち蟬ひとつ

したたかに打ちのめされしコロナ渦、を海図なきまま波間ただよふ

小さきことなれど弛《たゆ》まぬ『ハチドリのひとしずく』＊つひに森の火を消《け》つ

＊辻信一監修、副題「いま、私にできること」

雨なしの穀雨も鴨《ひよ》の余念なく励む子育て　無心の軒端

安吾言ふ「親があっても子は育つ。親がなければなほもて育つ」＊と

＊ＮＨＫ特集「作家　檀一雄の最期」

庭隅にひそと開きしドクダミの白きを見れば身をふり返る

巣ごもりの音無き世にも花は咲く　鳥は囀り蝶も舞ひ出づ

地上へと掘り進めしが壁に遭ひすごすご戻る　われは土竜《もぐら》か

落ち込むな　人と異なる汝が身こそ世の宝なれ　そのままでよし

闇なればこそ色はあらめ濁り江の墨に五彩の秘花を仰がむ

白き花映えてコブシとハナミヅキ見分けがたかり　白にも五彩

花はいつ桜の三分《さんぶ》　人はいつ老いの七十歳《ななじふ》、婆つちやも出花

あの夏のレナウン娘は今いづこ　ワンサカワンサ「おばあの原宿」

秋—あしたはあらず

毛も爪も皮膚も涙も血液も日日入れ替はる　わたしはわたし

来ては去る潮の満ち干の汐境《しほざかひ》　観阿弥、世阿弥、あはれ元雅

こもり棲む一年《ひととせ》あまりコロナ禍を雨うち降りて鵯《ひよ》も声なし

わたつみの深き心は知らねども蠟梅一枝冬をなごます

隠《こも》り沼《ぬ》のゆくへも知らぬこの日ごろ昔購《あが》ひし書《ふみ》にぞ浸る

ベートーベン没後記念のジャジャジャジャン『ジャン・クリストフ』一人静かに

寝静まる夜の沈黙《しじま》に独り酌む夢まぼろしの浪漫楼蘭《ロマン・ローラン》

あこがれの楽の器をいだけどもこの呑舟《どんしゅう》の魚に手子ずる

秘結なく撓《とを》よるごとき玉久世《たまくせ》の清き川原の歌つくりたし

鳰鳥の連れなる二兎路《にとろ》うたとセロ倦まずたゆまず下手《へた》の横月

師と仰ぐ人のゐる幸かたじけなし老いの一徹セロも短歌も

老残の身を悔いますな渡り河あしたはあらず今が一番*

*森村誠一「老いを考える」から

交はりを重ねて今もながらへる命の奇跡異種こそよけれ

宗教は掌《てのひら》のごと五本指それぞれに差異あるから生きる

淡交の意義知らぬままありありて今にして知る濃交《のうかう》の罪

月ひとりわが友なれば寝静まる地上も壺天まづは一献

冬――しみじみ嬉し

親ガチャを選べぬ枷を背に負ひて生くるほかなし＊　人生理不尽

＊朝日新聞「折々のことば」田中美津

カタツムリ、でで虫、マヒマヒ、ツブロ、蝸牛　うづまく殻のかなしみ負ひて

聖橋ひぢひざ萎《な》えてゆき泥み息も上がりて幽霊坂下

自由なく民主も捨ててどこへゆく一党独裁おごる泥船

返り血を浴びてわが身の恥づかしさ「井蛙《せいあ》は海を語るべからず」*

*『荘子』秋水編

生来の訥弁なれば厭ひたり　口舌の徒の傍若無人

ＦＢＩに「魔女狩り」と宣ふ花札《トランプ》よ　それを言ふなら「悪魔狩り」だろ

調宮月《つきのみや》の出を待つ狛うさぎ犬に代はりて西門に並《な》む

参拝者数　戦犯靖国五百万　無辜千鳥ヶ淵二十万の差

「贅沢は敵だ」の「敵」の前に「素」を入れし婦人《ひと》あり　銃後の心

「遠き世の光」*を見むと詠《つく》れども　くされ腰折れ味噌を腐らす

*住井すゑ『橋のない川』第四部から

カタカナとひらがな創りし先人の深謀遠慮にふかく礼《ゐや》する

縦書きがしみじみ嬉し　行頭に付箋貼つても邪魔にならない

穿き物のほころびつくろひくれし人　昨日《きぞ》のいさかひ無かりしがごと

裘葛《きうかつ》を易《か》へても未だ見え得ぬ友と一献久闊を叙す

精算はすべて自動化バーコード私の頭もスキャンしてくれ

雑――セカンド語呂

辰年の吾娘《あこ》の生みたる初孫の周八《あまね》歳　タツノオトシゴ

この道もかの道も未知　この人もかの人も未知　さまよふあはひ

わが思ふほどにはわれは思はれず思ひあまつてサルスベリ落つ

似て非なる躑躅と髑髏　たとふれば十楽《ごくらく》と十薬《どくだみ》のごとしか

世の中は一天地六の裏おもて*南三北四、東五西二《とうごうせいじ》も

*「合歓」51号石田比呂志インタビュー

フロベール、ナイチンゲール寝違へる　アプレゲールもぶつたまげーる*

*「逆引き広辞苑」から

ドレミてもファミレすらシきシなソろへ　ミレばソラにはシミ一つなシ

難略語ＳＤＧｓの覚え方　ルビを振りませ「サダ爺さん」と

Ⅲ

土の章——二〇二二年

〈解説〉

Ⅲ　サラバンド（Sarabande）＝原意は諸説あり。中南米起源か。４分の３、２分の３でゆっくりした舞曲。弱起なし。重音重視、第２拍に長音価。

奏―去挽灯《サラバンド》

盲聾のバッハ、ヘンデル、ベートーベン宇宙を超えし心眼心耳

たましひの炎の翼もがれたり飛天ジネット・ヌヴー*の非業《ひごふ》

*フランスの天才ヴァイオリニスト。飛行機事故により30歳で死去

天稟《てんぴん》の楽冴えわたるジャクリーヌ・デュ・プレ*病みにき神に妬まれ

*イギリスの天才チェリスト。多発性硬化症のため42歳で死去

信夫草しのぶもぢずりモジリアニ　その「チェロ弾き」*のひとみ憂はし

*一九〇九年、25歳の時の作品

重力の強さつくづく身に沁みる後期高齢セロを担げば

弦を抑ふる指は四指と思ひしがセロには拇指《ぼし》の隠し剣あり

魂柱よ、たかが五センチ十センチ誰も知らない一本松ぞ

夕されば弓の櫂もて漕ぎ出だすセロはさながら一葉《いちえふ》の舟

春―轍鮒の急

「コロナにも弩《ど》プーチンにも負けないわ」わがユキヤナギ狭庭制圧

親知らず抜けば子知らず孫知らず故国を追はれゆく数知れず

群鳥《むらとり》の出で立つ民の泣き別れ轍鮒《てっぷ》の急になす術もなし

留まるか逃ぐるか惑ふ人びとの混迷回廊明日なき地平

置き去りにふと気づきたり　戻り来れば臆面もなき弱肉強食

もともとは国境など無きこの星にいつまで許す徒花軍《いくさ》

潮舟《しほぶね》の出潮入り潮忘れ潮ひとしほ鹹《から》きロシア国境

菜の花も虞美人草もタンポポも彼の地に咲くや人も還らで

先の見えぬ戦《いくさ》に戦《をのの》きゐる民にせめて戦《そよ》げよ風やはらかに

周五郎の「ひとごろし」*こそ可笑しけれ　プーチン退治はこの手にかぎる

＊映画「ひとごろし」主演：松田優作

恐《おそ》ロシヤ闇の帝王腐朕《プーチン》を捏ねて丸めてゴミの日に出す

次の世はハーケン国家の花ざかり　トランプーチン習金地獄

クレムリンに極大隕石の隕《お》つる日を念《おも》ふわが身のソラオソロシア

父祖の世に非道重ねし日の本に露国を非難する資格ありや

侵略をかつて受けたるフィンランド見事イッタラ*祖国を救ふ

＊一八八一年創業のインテリアデザイン企業

石《いそ》の上《かみ》降りてあまねく濡らす雨　しみじみと説く四海同胞

夏―野の石の憂

草莽の野の石なれば雨風に晒して塵のむくろとならむ

「死んだふり」は生き物たちの戦略さ　わが世の春を守らむがため

ゆづり葉のいよよはらはら地に落ちて　核半減期四十五億年

仰向けに胎児が空に浮かんでる　いづれ風神雷神連鼓

人や知る地球をおほふ光害《ひかりがい》　星見えぬ夜に救ひはあらじ

Ａさんを殺ししＡは知らんぷり　責任取らぬＡは国葬《グランプリ》

モリカケをしかも隠すか赤木にも心あらなも　国葬告訴

弱者など人と思はぬ永田町　三権分立有名無実

なべて世の安定の基礎　三角形、トリコロールに長三和音

三権の真ん中に立つメディアさへ目指すはどこも視聴率のみ

九条下の自衛軍隊など要らぬ　すでに「〽真っ赤に燃える」軍あり

反五輪つらぬく人の和顔施《わがんせ》*を知れば納得スポーツウォッシュ**

*禅語。にっこりと笑顔をあげること　**斎藤幸平・平尾剛・西村章の言葉

うら病みのウラジーミルの陣地獲り　押しも押されもせぬ殺人鬼

昔からロシアはこれの繰り返し老いは打ち棄て幼《をさな》は喰らふ

十八万人を殺しし国を許したるＩＯＣを批判できるか

夏草の残んの花の忘れ種《ぐさ》　ガザの少女の笑顔が消えて

秋――時を呑む

巣籠りを誰も訪はねば待ちぼうけ　君、『チボー家の人々』に会へ

葛原に萬花くるはす一花あり　幻視幻聴妙法妙子

光なき身ながら和語の「やちまた」＊をつひに明かしし春庭《はるには》＊＊の功

＊足立巻一著　＊＊本居宣長の長子

二百年前「動詞活用表」をまとめしは僧義門＊　その『和語説略図』

＊江戸後期の国学者

あくがれしかの『海道記』繙けば　こころ動《ゆる》がる雉鯉鮒《ちりふ》・八橋

橋懸かりここの八つ橋七つ星六花《りっか》五葉の松も昔の

もののふの弓手《ゆんで》は左、馬手《めて》は右　弦楽は逆、馬手に弓持つ

今さらに作曲者レモ・ジャゾットと聞きても「アルビノーニのアダージョ」

フィンランド一度イッタラ病みつきに　そのガラス器に和の心あり

加賀の産　古萩粉引《こひき》の染み出でて時をも呑める「雨漏《あまもり》」の技

テルもありクモルもありて小面の昏《くら》き視界に思ひ沈みぬ

みをつくしこころ筑紫の琵琶が鳴る遠賀川辺のいとど美《うるは》し

撥さばき冴えて「源平」華の歌　薩摩・筑前、琵琶二面弾き*

*薩摩＝川嶋信子、筑前＝尾方蝶嘉

響灘　筑前琵琶のバチの音《ね》に立ち顕れし「敦盛」の笛

和楽器の吹きもの三つ芳《かぐは》しや　笙・篳篥に龍笛合ひて

鍔柄《つばがら》に髑髏三つ*を彫り込みて人の三世《さんぜ》を戒むる剣

（銘・信家）

*ＮＨＫ趣味どき「刀剣」

冬—白髪の雪仏

「合歓」百号腹に一物背に荷物　負ひて老いつつ追ひつかぬまま

百足《もも》らず八十《やそ》の齢《よはひ》も間近にてあとは「百年河清を待つ」*のみ

*「春秋左氏伝—襄公」

飛鳥川ながれてはやき入れ替はり　わが細胞の三十七兆個

日常とふ取りとめのなきこの日日は行つたつきりさ、二度と戻らぬ

惜しみませ選《よ》りどり見どりつかみ取り　賜りし身の露の宿りを

朝は犬を昼は心をたゆたはせ暮るる夕べはセロと語らふ

前世から居場所は此処と決められてここが定位置犬もわたしも

武蔵野とふ大盃呷《あふ》る蓮田《はちすだ》の根曲がり竹になりし半生

老いを詠むは安易なりとの声きこゆ　今さら恋など歌へるものか

二十代惚れて連れ添ひ半世紀ともに白髪の雪仏かな

もともとは赤の他人の二枚貝　かの桜貝いま月日貝《つきひがひ》

石《いそ》の上《かみ》ふりむけば喜寿なつくさの野末に低く潤む月あり

もみぢ葉の散りゆく一生《ひとよ》「世の中は銚釐《ちろり》に過ぐる」*持て来《こ》、二合半《こなから》

*鈴木正興『〈戯作〉郁之亮御江戸遊学始末録』

音もなく気配も消して忍び寄るわが死の影よ　もう少し待て

鳴海潟《がた》われは磯辺の忘れ潮　「浜辺の歌」を陽だまりに聴く

「春の夜の夢のごとし」とふり返る終《つひ》の別れを誰にか告げむ

雑―サード語呂

一二三四《し》五《ご》六《ろ》七《しち》八《はち》九十川*九十九《つくも》着かぬも水嵩しだい

前後左右上下六方ことごとく覆ふ暗雲　厭離《おんり》なき穢土《ゑど》

*大井川の異名

森のなか犇《はし》り磊《かさ》なり轟きて姦《かしま》しきかな蟲の聶《ささや》き＊

＊同字三重文字の試み

走り梅雨、青梅雨、荒梅雨《あらづゆ》、女梅雨、旱梅雨《ひでり》止み、また戻り梅雨

賀状やめ安気《あんき》なれどもこころ淋《さぶ》し　君くれなゐの花のたよりを

このごろは変異長調、破綻調、嬰塗炭調、遍路長調
黝黝《くろぐろ》とクの字ロの字の語呂襲《がさね》　柘榴と髑髏、轆轤《ろくろ》と蜷局《とぐろ》
手をつなぐひつくり返る飛び跳ぬる夏空を舞ふ雲はあかんぼ

Ⅳ

金の章——二〇二三年

〈解説〉

Ⅳ　ジーグ（Gigue）＝元来、イギリス起源のエピローグか。即興的な舞曲。フランス様式は4分の6、8分の6で中庸。イタリアは8分の12で急速。

組—慈悲宮《ジーグ》

喜寿の夢とくと聴かせよセバスチャン*あの天空の無限の弦を

*ヨハン・セバスチャン・バッハ

うつつなの無伴奏二番*に今宵またつくづく焦がる和音の不思議

*チェロ組曲

狂ふには遅すぎる齢*　されど酔ふ楽の調べと弦の響きに

*久々湊盈子『世界黄昏』からの本歌取り

鬼気迫るセロの奇跡の六重奏*「序奏とロンド・カプリチオーソ」

*「奇跡のチェロ・アンサンブル」
辻本玲、伊藤悠貴、小林幸太郎、伊東裕、岡本侑也、上野通明

うち寄する荒磯《ありそ》にセロを押し立てて裸足のターニャ*地の声を聴く

*チェリスト＝ターニャ・テツラフ

波のごとか寄りかく寄りいだき弾く花の顔《かんばせ》＊ 氷壺のごとし

＊チェリスト＝鳥羽咲音の演奏

鬼灯も蛍袋も瓢簞も木魚もセロもみな空《くう》を抱く

遁《に》ぐる音逃ぐる言葉を追ひかけて　きつといつかは摑まへてやる

春—悼・黒岩康氏

初春の旧き習ひも年ごとに錘《おもり》となれば賀意《がい》略を謝す

赤き目と長き耳もて翔びゆかむ三十八万キロのうさぎ路

はるばるとわが演奏会に駆けつけてわが「わがまま」を諾ひにけり

わが愚歌をなぜか気に入り励ましし君の至言にいつも救はれ

桜散りて君の死を知る哀しさを分かつてくれよ　黒ベレー帽

君の死を知らで過ごししその日日を今さらながら嘆かふばかり

歌心の奥の奥までつきつめし論に惚れられ召されしか君

詩心は弱きに添ひて紡ぐもの強きに着きてなんの顔《かんばせ》

本歌取りするよりされる方がいい　寄り添ひくれし月読みの君

論究に徹して歌集編まざるを君の一大美意識と知る

「淋代《さびしろ》は寺山の町」と褒めくれし君の便りをまた読み返す

なにごとも身から出たサビ　淋代の一鳥《ひとり》イソシギ潮路を見つむ

愛されて先立つよりも疎まれて長生きするを選ぶ世となる

顧みればわが来し方も蟹のごと甲羅に似せて穴を掘りにき

長生きもときに善し悪し　天の時、地の利、人の和、なべて狂へば
年どしに春をば告ぐる花の声小さけれども確と告げをり

夏—犬と「雪男」

夢ばかり追ひつつ老いぬ早川の行く末もなきけふの浮き雲

乙女椿のそのゆかしさに言問ひぬ　行く人ごとにつと足を止め＊

＊「合歓」百号記念歌会に

岩蟹の潮まねくがに穴を出で利き腕あげて沖みる風情

「雪男」春呼ぶ焼酎《さけ》ぞ　荒汐の潮干《ぼ》し南無妙真法華《まほつけ》うまし

弛みなく築き上げたる「合歓」百号　この僥倖に立ち会へる幸

わが喜寿と「合歓」百号のドッキング　こんなことにもうたた嬉しく

觔斗雲《きんとうん》*ひと飛び十万八千里　十万馬力は鉄腕アトム

*『西遊記』、孫悟空が乗って空を飛ぶ雲

飛ぶ鳥よ　飛べぬ鳥*にも理由《わけ》がある　水陸両用汝《な》も二刀流

*今泉忠明『ざんねんないきもの事典』／ペンギン

いつになくアンサンブルの難所越えバッハ、ハイドンともにクリアー

あの紅きポックリ欲しと駄駄こねて母こまらせし我が四月馬鹿

地球といふちつぽけな舟にのせられて夜空をわたる少年の夢*

*久々湊盈子『非在の星』をヒントに

武蔵野線「東下り」*と洒落込んで行けば師の住む馬橋鞍橋

*『伊勢物語』

風ぐるま元はビールのアルミ缶カラカラカラカラと世界を笑ふ

愛犬のミル坊、乱暴きかん坊、だつこ大好き、超あまえん坊

小波《さざなみ》の夜の夢かや　仔の寝ぬる鼾・寝言の息のいとしさ

犬一頭シオラパルクに残されつ　氷解せまるイヌイット圏

秋―懐古に恋か

紫のタチアフヒこそゆかしけれ旬日居間に威光を放つ

夜が来て朝が来てまた夜が来て　そしてベスビオ・ポンペイの朝

頭《づ》も腕も欠いていづくに天翔る　欠けてなほ美《は》しサモトラケのニケ

掘り出され「私は誰」と問ひたるか　ペプロフォロスは双手《もろて》なきまま

「成り剰《あ》まれるものの悲劇」*といふ書名　嗚呼それだけで醒めし酔眼

*塚本邦雄『半島』の副題

止まり木に酔へば「今昔物語」酒場のママも高田の婆婆も

天離る鄙にこそ見よ月の宿　石竹花《なでしこ》紅く濡れて待ちをり＊

＊「万葉集」巻二十、四四四二をヒントに

老いやすき少年すでに喜寿傘寿　踉蹌《らうさう》の学・楽なりがたし

わが進路決めしは『キュリー夫人伝』若き迷ひを払ひくれたり

「水になれ」「歩み続けよ」の座右の銘　勝つて哀しきブルース・リーの目

七百年興亡すべてミレドシラ　ソラシドレミファ露坐の大仏

名細《なぐわ》しの稲村ヶ崎いそづたひ七里ヶ浜の黄金《こがね》夕波

頭頂にならぶ顔面十一の密ほどかれて観音の微笑《えみ》*

*永井陽子『なよたけ拾遺』をヒントに

常滑の古琵琶湖層の土が産む朱泥の知多の千足《ちた》る水指し

奥琵琶の葛籠《つづら》尾崎《をざき》の湖底には今も沈める人の声すと*

*NHK特集「柿本人麻呂の死」

きぞは彼けふは彼女と身罷りて賽の河原も老ゆる暇なし

冬―神もあらなく

日常の自由は断たれ生き死にもままならぬまま、ガザ鏖《みなごろし》

死ぬまでに忘らりようかこの暴挙　ああネタニヤフ万骨枯らす

暴虐のかぎりを尽くすヒトの世に鉄槌くだす神もあらなく

沖縄が中国領になるといふ　宜《むべ》なりあれだけ苛《いぢ》めてきては

八十年経てもいまだに植民地　地位協定に否やも言へず

政治家は必要悪の落とし子か　強きに弱く、弱きに強し

木で鼻をくる判決にべもなし　山椒魚は威張りくさつて

かずかずの好機をのがし今ここに振りかへり見る残塁の山

鬼の目にも涙といふに近ごろは鬼もおどろく奪衣婆《だつえば》ばかり

なし崩しマイナカードの騙しうち　太郎の屋根に怒りふりつむ

芋蔓の紐づけミスをはぐらかすボケ茄子胡瓜マイナすカード

姦《かしま》しきマイナ騒ぎにも秋の風　やがて水涸るこの飢餓列島

権謀のこの政権の喧噪もみな蝸牛角上の争ひ

平安の御代にもありき公僕の私腹を肥やす業《ごふ》すたれざる

この国なら何をやっても勝つ選挙　だけど徳川様も負けたよ

うつせ貝うつし心も失せたるに*　民草いかり肘鉄喰らはす

*上句＝「千載集」巻第十八、一一六〇本歌取り

雑―ショート語呂

アレッポのあれつぽつちの荒れ地には今も地震の跡が遺りて

プーチンの浮沈や如何　不沈艦大和・長門の例《ためし》もあるぞ

オボコ・イナ・オオボラ吹いて出世魚トドのつまりがエッフェル塔か

戒めの三猿紫煙誤噍無縁　みな先を見ぬ蟹の横這ひ

三大河　坂東・筑紫・四国とや　信濃・北上・十勝もあるに

三色あらばいかなる色も出せまつせ　二色ばかりがのさばり末世

最終回二死満塁にホームラン浴びたる夢を葬らむとす

眼科《癌か》歯科《死か》耳鼻科《慈悲か》脳外科《脳怪我》肛門科《拷問か》　喜寿の賜《たまもの》ありがたく受く

V

水の章——二〇二四年

〈解説〉

V　シャコンヌ（Chaconne）＝変奏曲の一つ。スペイン起源か。パッサカリアと同じ性格。ゆっくりで3拍子系。和声進行に重点。

曲—釈音雨《シャコンヌ》

沖つ波アレグリの「ミゼレーレ」聴く　あのソプラノの天使の祈り

山かげの沼を思はせ底澄めるラフマニノフを愛でるイリーナ*

*イリーナ・メジューエワ＝ロシア生まれのピアニスト

娘四人エスメ四重奏の「死と乙女」* 時を超え今フランツが鳴る

*フランツ・シューベルト、一八二四年の作曲。D.八一〇

君知るや二百年前のこの曲が今なほ讃へられてゐるのを

名作と思ひもせずに遺ししか一度もナマを聴かで逝きたり*

*作曲した年の四年後に死去

長船《をさふね》の燕返しを思はせて舞ふ弓統ぶるコパチンスカヤ*

*パトリシア・コパチンスカヤ＝モルドバ生まれのヴァイオリニスト

あめつちを裸足でつかむ離れわざ　トビウオのごと弓も瞳も

不世出のコパチンスカヤ聴く夜は　如来降臨、天地動顚

朝露のうつろひ消ゆるこれの世をセロのうつろに賭けてみむかな

弓弦《ゆづる》はりセロをいだけば鳴り出だす組曲五番あめつちの歌

春—一花こぼるる（長子・郁哉逝く）

咲き満てるサクラの春に一条の風ささやけば一花こぼるる

あたら夜の月と花とに見送られいづくに行くや明日を見ぬまま

選びしはシャカの誕辰　朝まだき沈黙《しじま》を孤鳥《ひとり》飛び立ちにけり

咲きさかる桜ひとひら零るるも薫りは消えで雲となりなむ

人知れず香り残してはかなくも未完のいのち天空に消ゆ

やりたきこと数多あるべし　霹靂の吾子の急死を諾ひがたし

ちちの実の父は名ばかり　何ひとつ父らしきことせで追ひ遣りき

この幹の末《うれ》とし生くる虚しさに怺《こら》へざりしか零れ桜は

地に落ちて花筏にもなれぬ身ぞ　せめて悔しき涙ながせよ

血を分けしわが分身が燃えてゆくこの髭面もかつての笑みも

満開の花の下にて逝きしかな　わが身の末は煙となりて

天《あめ》知るや日ごとに重きこの思ひ　夜明けの雨に一枝折れたり

この身をば預かり物と思へども　されど哀しき君の若き死

逆縁の早世重し　割り切れずさ迷ふ親の悔い何になる

灌仏会《くわんぶつゑ》シャカの誕辰えらびしは九紫火星の星宿《ほし》にちなむか

夏ツバキ老親《われら》の墓にと植ゑたれど　ツンツンつばき君が先とは*

*「五木の子守唄」へ花はなんの花――水は天から貰い水

いざさらば青き十五の春ならで白き五十の春に旅立つ

三井楽《みみらく》の島*こそよけれ亡き人の面《おも》わ顕《た》たせよ福江浜波

*五島列島・福江島の北西端の半島
死者に逢える西方浄土の島として広く歌枕となった

西方《さいはう》の草木国土にいだかれて、睡《ねむ》れ零桜郁《レイオーイクーン》雲居士よ

朝露のいのち儚し　逝きし児をいまに惜しみて何のこころぞ

夏─けさのつれあひ

いづくから運ばれたるかサルスベリ狭庭に稚き花芽見せたり

白一色なれど狭庭のユキヤナギ目くるめくかな　濁世を忘る

老いてなほ心に残る『ダンマパダ』* なぜか法然・親鸞に似て

*副題「永遠の真理」ＬＡＦ瞑想社刊

脳外科と整形外科に通ふ日日　足摺岬の空海気どり

尺八の虚無僧姿ゆかしくてコロナマスクも満更でなく

小走りに消えゆく姿　夜まぎれの御高祖《おこそ》頭巾にこころ惹かるる

猛暑ゆゑ曼殊沙華おそく咲く庭に　なにやらジャガタラお春の嗚咽

「滝さん」と妻の名つけし異人*あり　ガクアジサイも老ゆれば赤む

*ドイツ人医師フィリップ・F・シーボルト

しみじみと心に「沁みる夜汽車」観る老いたる二人朝のひととき

幸不幸越えて山崎ハコのうた　聴くに切なく視るに哀しき

君子蘭いまをかぎりに咲き盛る花数なんと百八十本

磐舟《いはふね》ゆ虚空《そら》見つ日本《やまと》尊富士*みぞうの出足電光石火

*二〇二四年春場所、新入幕の24歳が初優勝

錦木の「夢は小さくコツコツと」わが座右の銘これに如《し》くなく

大ぶりのヤマユリ部屋を統べにけり　四囲ねめまはす黄の大き花

「ね、この壺、呼吸してるわ」見巧者《みがうしや》の君にこころを奪はれしころ

十五夜にあやかりたくて作りしか　妻の名月ポテトガレット

松の葉のけさのつれあひつれなくて畔《くろ》に佇む五位鷺の雄

抉り出す「映像の世紀」のテーマ曲、*いまでもパリは燃えているのか

*加古隆作曲

「変はらないためには変はる必要がある」と学びし青き耳学《みみがく》

ゆく風や姿かたちは見えねども花の香のせて能登に伝へよ*

*「風姿花伝」を詠みこむ

秋―烏羽に書く

海市かや　軽挙妄動霧の中　墨にて烏羽《からすば》に書くごとし

責任はみな部下に負はせ知らん顔　派閥裏金驀地《ましぐら》街道

裏金も口裏合はせも馴れたもの手口は非行生徒と同じ

泥棒が泥棒さばく茶番劇「泣いて馬謖を」斬つたつもりか

極道か北か新興宗教か　涙ぢやないのよ裏金なのよ

権力の座に死神《しがみ》つく欲望の成れの果てなる食言高位

大臣になれば偉いと勘ちがひ　裏金無法松野一生

「安倍さんに申し訳ない」と涙ぐむ存在の耐へられない軽さ

いまさらに江戸に戻れぬこの国の隘路は険し跼天蹐地《きょくてんせきち》

おしなべて責任取らぬ保守本道、弐キ参スケ*の遺伝子不滅

*二キ＝東条英機・星野直樹、三スケ＝鮎川義介・松岡洋右・岸信介

あしがものうち群れゾンビ不死身村　形状記憶装置も作動

人の世の山高ければ谷深し　退陣豪遊、能登大豪雨

「大場より急場」が定石「イロハのイ」総選挙より被災地救助

さいはての珠洲狼煙《のろし》町「二三味《にざみ》カフェ」負ケルモンカと復興のろし*

*「朝日新聞」2024/01/24夕刊

「紅白」をいまだ見てゐる平和ボケ　地上の惨を今年も忘れ

愛はどこ　ヒロシマ出身どこへやら　原爆記念日コピペの挨拶

身から出た錆を錆とも気づかざるゾンビぞろぞろ立候補する

結局はだれも責任取らぬ国　後逸国家《さきおくり》　昭和百年

ビシバシと石橋わたると思ひきや　ああイシバ氏も縛られ地蔵

起き上がり小法師《こぼし》の玩具はかはいいが、国政《小臭え》ゾンビは御免蒙る

冬―水瓶がたり

水鳥の青水無月の涼しさや　目に涙湖あり、泪壺あり

入滅の釈迦を目守《まも》りし沙羅の花いまや戦禍に血涙あふれ

日も闇も生みし霊鳥ガルーダ*にすがるほかなし天地も人も

＊インド神話の神鳥。三世、宇宙、世界を飛ぶ

ガニメデス*の注ぐ水瓶うまさけの神酒《みわ》ぞ盈《あふ》れて星座を照らす

＊ギリシア神話の人物。ゼウスが愛し給仕とした。若さと不死が与えられた

夕つづの広き海図の知恵の神、水瓶もちて雨めぐみたも

sadaの名を三つ秘め持つ水瓶座　ゆかりもゆかし如月十日

八百日《やほか》ゆく九九鳴《くくなり》浜*の砂の音　天《あめ》の垂水にこたへたるにや

*気仙沼唐桑半島の小さな砂浜

水瓶座　甕の雫よ　石走《いはばし》り天降《あまくだ》り来よ　瑞穂の地《くに》に

禁漁の海に網置く罪ゆゑに沈められけむ「阿漕《あこぎ》」*の業苦
*世阿弥七十にして失った長男元雅を悼んだ能という説も

生き恥をさらすわが身を打ち割りて星の水瓶、座して受くべし

水を汲む「檜垣」*の嫗《おうな》　終はりなきその身の果てを舞ひあげて消ゆ
*世阿弥の夢幻能

「水甕を運びつづける人」*を知り　わが来し方の無明を恥ぢぬ

*新約聖書「ヨハネによる福音書」2章他

天地人四方八方総崩れ、ノアの箱舟もう間に合はぬ

重すぎる其《し》が身の牙に耐へかねてつひに滅びしマンモス*あはれ

*守屋洋『中国古典一日』「韓非」

つひに潰《つひ》え即シルレア紀　遺りしは石のさざめき雨降りやまず

ながらへばゆめもうつつも朧にてただゆらゆらとながれゆくなり

虫たちはすでに知りしを霊長類、水瓶からびたるに気づかず

もろびとをあまねくまねく十一面観音の御手に印と水瓶《すいびやう》

安らかに眠らせたまへ「水甕《みづがめ》を運ぶひとびと神の御胸に」

昭和百年、師《をさ》の傘寿を言祝《ことほ》ぎぬ　二つながらにいや重《し》け吉事《よごと》

雑─ライト語呂

アンブレラ傘寿の赤きプレゼント蛇の目くるくる回すカウモリ

編みぐるみ縒《よ》る綯《な》ふ繋ぐ繰る縢《かが》る巻いて結んで猫が一匹

チラシだけの暑気払ひでも極楽ぢや　雲丹・鰻・鱧・牡蠣てんこ盛り

イツツガゼ*紫色の海の星　五放射相称　五行の形

*天草での呼称。五本腕のウニ。標準和名はマヒトデ

葦原の瑞穂の国のヒトデナシ　うらに口あり裏金ぐるみ

世が世なら警察沙汰よ　一死二死、死球・併殺・三重殺も

南無三宝四分五裂の泥仕合五臓六腑が七転八倒

風小僧小便《しょんべん》小僧膝小僧　ひざを痛めていまや弱法師《よろぼし》

喜寿こえて峠をくだる残り火もいとし帰路かもたのし帰路かも
ながらへてともにしらがのゆきぼとけとけていのちの地《つち》にかへらむ

あとがき

本集を編むきっかけになったのは、二つの大きな節目の存在である。一つは、久々湊盈子師がめでたく傘寿を迎えること。二つは、昭和通算百年に当たることだ。

書名の『水瓶座』は、師の生辰（二月一〇日）の星座からいただいた。実は、身内のことで恐縮だが、二月一三日生まれの女孫も同じ星座で、今春、中学生になる。これにも何らかの縁を感じて喜んでいる。また、「水瓶座」の恒星三つの名が「sada」から始まっているのを見つけ、偶然とはいえこんなこともあるのかと、重なる奇遇に驚いた。

章立ては、第一歌集『時雨譜』から五年経ったことで「五行」が思い浮かび、一年ごとに「木・火・土・金・水」の五章とした。

歌数は、師の傘寿にちなみ各章八十首とし、最終章のみ昭和通算百年の記念に百首とした。序歌も含め総数四二一首となった。

各章の最初の歌群は、バッハの無伴奏ヴァイオリン組曲第2番の楽章名を使った。ただ、そのままでは愛想がないので、例えば、「アルマンド」は「生満土」というように、それぞれ漢字を当てて各章の冠を飾った。

続く各章の五つの小見出しは、「春・夏・秋・冬・雑」とし、古来「古今集」「新古今集」以降伝統的に用いられた章立てを借用した。

「雑」は、語呂合わせが好きな私の性癖で、野球のゴロを「語呂」に掛けた。遊びがすぎるとの声も出そうだが、「遊びをせむとや生まれけむ」の心で、ご寛恕いただきたい。

これでハード（基礎工事）は完了、問題はソフト（歌のなかみ）である。これについては井底の蛙の域を出ず、ただただ忸怩たる思いのみ。謹んでみなさまのご批判・ご指導を仰ぐばかりである。


さて本題。まず、本歌集を、「合歓」主宰の久々湊盈子師に捧げます。ちょうど八十歳になられる御身で全国を東奔西走のご活躍。そのお姿は私にとってまさに羨望の的、敬服の極みです。どうぞいつまでもお元気で、われわれの心強いお姉さんでいてください。

また、「合歓」の会員の方々、とりわけ御茶ノ水歌会のみなさまの日ごろからのご指導・ご鞭撻に伏して感謝申し上げます。

出版に際しては、典々堂・髙橋典子さまに大変お世話になりました。優しく丁寧に刊行に漕ぎ着けてくださり、感謝に堪えません。また、装幀については、秋山智憲さまの大きなお力添えをいただきました。久々湊師の帯文とあいまって素敵な装本に仕上げてくださいました。心より感謝申し上げます。

おわりに、歌集作成の時間を十分に確保できたのは妻のおかげです。自身の体調不良や、お漏らしがちな犬の世話、さらに早すぎる息子の死による心労もありながら、私が動きやすいように、日々、さりげなく配慮してくれました。本当にありがとう。

最後に、本歌集を読んでくださったみなさまの、今後のますますのご活躍を祈念して、結びといたします。

菅原貞夫

二〇二四年一一月二六日　小雪朔風に小春を得て

著者紹介
菅原貞夫
1946年4月12日　大宮市（現さいたま市）生まれ
1969年　早稲田大学文学部国文科卒
1969〜2006年　さいたま市立中学校教諭
2000〜2012年　大宮フィルハーモニー管弦楽団員
（ヴィオラ）
2014年　「合歓」入会
2015年　大宮GMTアンサンブル入団（ヴィオラ）
2020年　チェロ教室RMG入会
2020年　第一歌集『時雨譜』刊

歌集　水瓶座

2025年2月10日　初版発行

著　者　菅原貞夫
発行者　高橋典子
発行所　典々堂
〒101-0062　東京都千代田区神田駿河台2-1-19
アルベルゴお茶の水323
振替口座　00240-0-110177
組　版　はあどわあく　印刷・製本　渋谷文泉閣